Meinem lieben Vater
Josef Zöpfl †

HELMUT ZÖPFL

BAYRISCH DURCHS JAHR

50 ZEICHNUNGEN
VON
HANS MÜLLER-SCHNUTTENBACH

rosenheimer

Inhalt

D' Sonna scheint scho wärmer

D' Wiesn san no a weng baazig
und aa no net grad bsonders grün,
d'Leut san oiwei no recht kaasig,
san halbert no im Winter drübn.

Trotzdem: d'Sonna scheint scho wärmer,
öfter waht a lauer Wind,
und mancher traut se hematärme
scho auf d'Straßn auße gschwind.

Kniastrümpf derf da Franze oziagn,
wenn er jetzt spazieren geht,
mit da Muatta und mitm Vata
an de Sonntagnachmittäg.

Überall da treibts und rührt ses:
in der Erdn, in de Bäum,
überall da wachsts und blüahts jetzt,
nix will mehr beim Altn bleim.

Zu eppas treibts jetzt fast an jedn.
Und der Bäckerlehrling Jo,
der sonst z'faul is fast zum Redn,
fangt sogar zum Dichtn o.

Er dicht', wie er es öfters glesn,
von Liebe, Sehnsucht, Leid und Schmerz,
von einem vielgeliebten Wesen,
vom Frühlingsrausch in seinem Herz.

Im Radio spuins Frühlingslieder,
im Gartn liegt a gfärbtes Ei.
's is jedes Jahr desselbe wieder,
und jeds Jahr is desselbe neu.

Aprilzeit

Im Lesebüacherl lesen's grad
a Stückl vom April,
der wo die blädsten Einfäll hat
und grad macht, was er will.

Tatsächlich: S'rengt und schneibt bald drauf,
nach Hagl Sonnaschein,
s'gfriert zua und taut glei wieder auf.
S'Wetter schlagt Purzelbäum.

Am Ersten rennt ums »I-bi-dum«
da batschert Huber Wast
in d'nächste Apothekn num.
– Sei Freind lacht se an Ast.

De Karwoch kimmt, de traurig Zeit,
doch dauert's ewig net.
Und's Osterfest steht scho bereit,
wo's wieder aufwärts geht.

... Ob schee, ob greislich, – nix bleibt lang.
Alls wechselt, geht vorbei.
Nur d'Zeit geht schnurstrax stur ihrn Gang
... und bald is erster Mai.

Kimm, Sonna

Kimm, Sonna, schleckn weg, an Schnee
und laß as Frühjahr raus!
Stehts auf von euerm Kanapee,
ziagts eure Schlappschuah aus!
Schalts euern Fernsehkrimi ab,
werfts euch in euer Gluft,
gehts weiter, setzts euch scho in Trab,
kommts mit in d' frische Luft!
Schaugts nur a bisserl umanand,
kannt sei, daß scho was blüaht
und daß se aa bei euch z'letzt dann
vielleicht wo eppas rüahrt!

Fruahjahr

Spürst, wia se alls mit Lebn wieder fuit,
wia des Helle dem Dunkeln de Schau wieder stuit?
Wia d' Sonn wieder wärmt und de Kältn vertreibt,
wia nix mehr grau und gstarrig jetzt bleibt?
Wia kaum mehr was an Winterschlaf denkt,
sondern alls um uns rum se ins Lebn wieder drängt?
Wia grün und lebendig de Welt wieder werd,
wenn ma grad richtig aufpaßt, hischaugt und hört?
Drum gfreu di am Lebn und freu di am Heut,
denk net bloß ans Gestern und Morgn de ganz Zeit!
Wer oiwei bloß vom ganz großn Glück traamt,
hat oft überm Traama aa s'kloane versaamt.
Wennst lurst richtig, findtst überall a kloans Stück,
an Tupfer, an Schimmer, an Glanzer vom Glück.

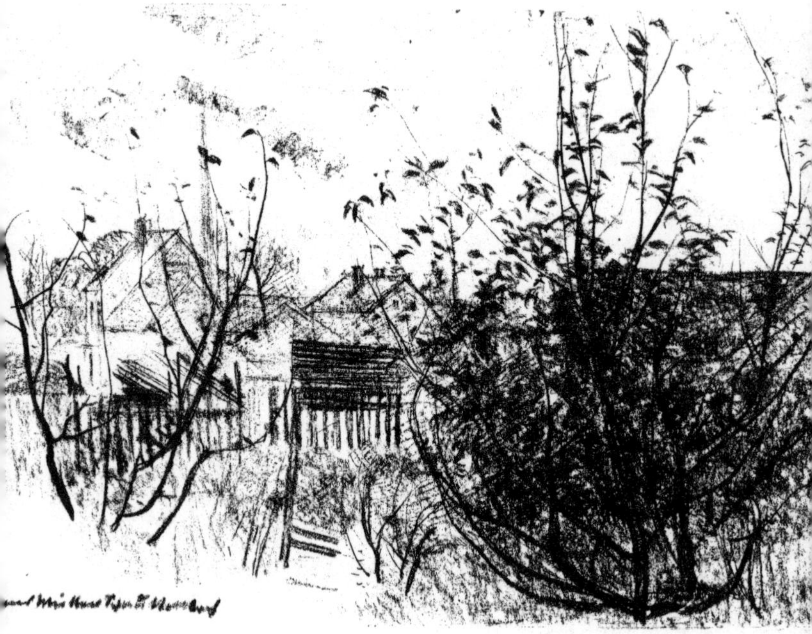

Und der Kirschbaum, der blüaht

Und as Jahr is so jung,
und der Kirschbaum, der blüaht
und a Deandl a kloans
singt im Gras drin a Liad.

Und der Kirschbaum, der blüaht.
'S is Fruahjahr im Land,
und a Bursch halt a Madl
verliabt an der Hand.

Und Früahjahr is worn,
und der Kirschbaum, der blüaht.
Spuit a Frau mit ihrm Kind
und werd gar net müad.

Und der Kirschbaum, der blüaht,
und so jung is as Jahr.
A Weiberl sitzt drunter
mit eisgraue Haar.

Und summt vor se hi
a ganz a alts Liad.
Und as Jahr is so jung
und der Kirschbaum, der blüaht.

Wias sei konn

Wias sei konn und von wo wohl her
jeds Frühjahr allsamt wird,
und 's sell im Herbst ins Nimmermehr
und Nirgendwohin stirbt?

Gfrei di, daß' blüaht

Wenn's draußn treibt und sproßt und blüaht,
wost hischaugst, ma an Frühling spürt,
net siegt nur, sondern riacht und hört,
und wenn dir dann ganz anders werd,
dann möchst am liabstn sagn: bleib steh,
dua ma den Gfalln, tua net vergeh!
Aber du woaßt as ja selber: du haltst nix zrück,
as Glück is halt nur a Augenblick:
Kaum denkst richtig dro,
is' scho auf und davo,
je mehr ma's bedenkt, desto mehr is' verschenkt.

Gfrei di, daß' blüaht,
sing mit bei dem Liad,
vom Vogerl am Baum,
traam'n mit den Traum,
rundumerdum,
spreiz di net, kumm:
wärm di am Liacht
und schnauf ei, bals guat riacht!

... de Blütn falln vom Baum und Strauch.
Was blüaht hat, is verblüaht.
Der Mai vergeht, du haltst's net auf...
Gfrei di, daß' Sommer wird!

Träume

Früahra bin i öfter als kloaner Bua
zu a Wiesn higanga in aller Ruah
und hab mi dort higlegt eine ins Gras,
hab de Wolkn nachgschaut und traamt irgendwas.
Hab traamt aa von später, von der ganz großn Welt,
von Wolkenkratzer, große Autos und Geld.

... Jetzt sitz i in am Wolknkratzer ganz obn,
und wenn i nausschaug von am Fenster da drobn,
na sieg i dort hintn ganz ganz weit weg
a Stückl a Wiesn, an kloan grüna Fleck.
Und dann traam i oft wieder, und dann sieg i im Traum
mi drin liegn im Gras und de Wolkn nachschaun.

Rückerinnerung

Schee warm is' scho gwen
an der Isar heut drunt.
Unterm Strauch bin i gleng
a oan a zwoa Stund.

Zruck hab i mi traamt,
weit zruck vom Heut,
zruck hinter de siebn Berg
in d'Vergangenheit.

Hab mit meine Freund nomoi Fangsterl gspuit
und mit de Schneeballn auf d'Madln zuit.
Hab Gasse führn derfa unserm Nachbarn sein Hund
und d'Hausaufgab abgschriebn schnell vor der Stund

Hab nomal tanzt mit dem langa dürrn Gstell
in der erstn Tanzstund, weil i zwenig schnell
mit meine Ledersohln wegkumma bin,
und sie war als oanzige übrig no bliebn.

Bin nomal gseßn mit dir unterm Baum
und hab, was i sagn wollt, mir sagn net traun.

... Wach bin i worn
nach a Stund so a zwoa.
Mi hat's a weng gfrorn,
und i war alloa.

Lang war der Tag

Lang war der Tag,
hoaß und voll Plag.
Jetzt geht er z'End.
Und mir hockn unterm Kastanienbaum
im Wirtsgartn drent.
Sitzn da beim Bier und beim Leberkaas,
lacha und redn über irgendwas:
über Gott und die Welt, über andere Leut
und gfreun uns grad,
weils uns alls no so gfreut.
Wenn's von untn a wengerl hera ziagt,
wenn ma a bißl a Ganshaut kriagt,
ziag i mei Joppn o, zahl und geh hoam.
Und i gfreu mi beim Hoamgeh scho
wieder auf moang.

Vom Jahr is Halbzeit

Vom Jahr is Halbzeit jetzat scho,
net allzuvui bleibt zruck,
s'liegn höchstens wia im Fundbüro
vom Gestern a paar Stuck.

Vom Januar der g'frorne Zeh',
der wo jetzt oiwei juckt,
vom Frühjahrsmarsch rund um an See,
a Hühneraug, des druckt.

A falsche Nummer von mein Flirt
beim Ball im Haus der Kunst,
wo se nur d'Zeitansage rührt,
a Rheuma, des mi hundst.

... As Sonnwendfeier lustig brennt
in der Johannisnacht.
Ma hupft und halt se bei de Händ,
singt Liader, tanzt und lacht.

De Flamma brennt in Himme nei
und leucht grad, weils verbrennt.
Was sei wui, muaß vergeh oiwei,
D'Zeit is grad Zeit, weils rennt.

Um de Zeit lieg i gern im Gras

Um de Zeit lieg i gern im Gras
und duselt vor mi hin,
traam dann a weng von irgendwas
und freu mi, daß i bin.

Da horch i auf des Staade hi,
an dem oan sonst nix liegt,
und an dem Kloana gfreu i mi,
des wo ma sonst net siegt.

I gfreu mi, daß so bacherlwarm
de Sonna rascheint heut,
bin richtig faul und rühr mi kaum,
dua nix, verdua nur d'Zeit.

Heut laß i alle Viere grad,
heut reg i mi net auf.
I laß mi treibn und halt mi staad
und laß der Zeit ihrn Lauf.

Wiara Spur im Sand

I marschier im Urlaub entlang oft am Strand,
neben mir, da schlagt se as Meer,
ziag mit meine Stapfa im naßn Sand
a Fußspur hinter mir her.
Doch nachara Zeit, wenn i s'zruckgeh de Streck,
is der Sand so glatt wia zuvor,
is ins Nix alls verschwundn, von de Welln wegagschleckt,
nach a Zeit wischt de Zeit jede Spur.
Und plagst di aa no so bei all deine Schritt,
de Zeit, de hat Zeit mehr wia vui.
Koana, der morgn geht, siegt von dir nur oan Tritt.
Du bist nix in der Zeit ihram Spui.

Unterm Baam

Unterm Baam samma glegn
so a Stund wohl a drei.
Spät im Sommer is gwen
und alls war no neu.

Ham uns kennt no net lang,
nur a anderthalb Woch.
Hättn uns ghabt vui zum sagn,
warn recht staad aber doch.

Durch de ganze Zeit weg,
de zwoara drei Stund,
is a Dracha drom gschwebt
– ganz weit weg und so bunt –

Is Herbst so schnell worn,
und mia ham uns aa glei
aus de Augn verlorn
für wahrscheinli oiwei.

Und Früahjahr is worn
und Sommer is gwen.
Bin oft unterm Baum
mit am Madl no glegn.

Denk zruck aber doch
alloa an de Zeit.
Siegn schwebn oiwei noch
– bunt und weg so vui weit.

De Sonna brennt

De Sonna brennt und d'Leut de schwitzn,
es staubt, wenn wo a Auterl fahrt.
A jeder jammert zwengs der Hitzn,
waar froh, wenns wieder renga dad.

Ma gfreut se aufn Abnd, wenns kühl is,
legt se in Schattn wo ins Gras.
Was aber jetzt as höchste Gfühl is,
des is fürn Durst a Radlermaß.

Am Sonntag geht ma weg zum Badn
an d'Isar und am Baggersee.
Zum Segln duad der Gagge radln
und moant er ghört zur Hautevolee.

Im Gartn giaßns voller Eifer.
Bald werd se jetzt de Plag auszahln.
As Obst werd langsam oiwei reifer
und denkt a bißl scho ans Abefalln.

A wengerl a Sonna

A wengerl a Sonna, a windstuis scheens Platzl,
a Brotzeit, a guate und a Packl voll Zeit,
lesn a bißl und schlafa a Gsatzl,
akrat des doa kenna, was oan grad gfreut.
Koa Straß in da Näh, koane Auterl, de kracha.
Koa Chef, koa Büro, koa Hetz und koa Gschroa,
weit weg sei amal von alle de Sacha
wost sonst net dapackst und trotzdem sollst doa.
Koa Krawattn, koan Anzug, koane Schuah, de di druckn,
net aufpaßn müaßn und obacht grad gebn.
Du selbn sei derfa mit all deine Muckn.
– De paar Tag im Jahr san as halberte Lebn.

Urlaub

Eppas ganz was anders mal doa, und waars no so verruckt.
A Buidl maln, a Buach lesn, des oan grad druckt.
Eppas doa derfa, wo neamd fragt nachm Sinn.
Am Bodn liegn, in d'Luft schaugn und se traama wohin.
Selber lebn sei Lebn, net glebt bloß wern
und all des doa, des ma doa möcht grad gern.
Als i selber net als »man« existiern,
Termine ausm Gedächtnis verliern.
Mi wiari bin halt de ganze Zeit gebn,
des is mei Urlaub, des is mei Lebn.

Vorm Gwitter

's is ganz lusad und staad.
Koa Winderl, koa Lüfterl waht.
D' Kornmandl tragn schwaar.
Sonst is' ausgstorbn und laar.

Alls druckts nieder de Schwuin.
Nix hörst wia a Gruin,
de manchmal wo zirpt.
Du kannst grad moana, alls stirbt.

Am Himme seim hinterm Rand
siegst scho a kohlrabnschwarze Wand,
de wo se zsammzogn hat.
Und von weitm donnerts ganz staad.

Was i ausm Urlaub mitbracht hab

An fast scho abgheiltn Sonnabrand,
vom Strand a Handvoll Sand no im Gwand,
zwoa Ansichtskartn, de i zum Schreibn hab vergeßn,
von drei neue Bekanntschaften d'Heimatadressn,
an neitretna Seeigelstachl im Fuaß,
zwoa Fuim, de i glei zum Entwickln doa muaß,
an neuen Schlager, dens gspuit habn in jedm Lokal,
der mir net ausm Ohr geht, den i summ überall,
net ausgebne Lire und Schilling a paar,
a Flaschn Wein, der im Supermarkt billiger waar,
zsammklaubte Muschln fürn Nachbar sein Bua,
so vui zum Erzähln, fast mehra wia gnua,
de scheene Zeit – i's aa scho dahin –
in Erinnerung eigmacht wia im Eiweckglas drin,
a bißl a Freud aufs dahoam-wieder-sei
hab i mitbracht vom Urlaub, der grad is vorbei.

D' Ferien san rum

No drei, vier Tag, na gehts in d'Schui,
Und d'Ferien san aus.
Zum ersten Bundesligaspui
da gehma wieder naus.

's Oktoberfest geht aa bald o:
as Schaukeln, Fahrn und Drahn.
De größern Budn stenga scho
und de Trumm-Achterbahn.

Am Himme siegst jetzt bunte Fleck
– des kimmt vom Drachasteign.
San de dann aa auf oamal weg,
gehts schon in Spätherbst nei.

Was gwachsn is vom Frühjahr her,
is reif und fallt, wenns waht.
As Reife hat koan Platz jetzt mehr,
werd abbrockt, gschnittn, gmaht.

So is von Anfang o im Werdn,
im Lebn und Wachsn drin
a ganz kloans Wengerl scho vom Sterbn,
vom Falln und vom Verblühn.

Der Sommer is umma

Der Sommer is umma,
der Winter werd kumma
Wia kurz war des Gück.

Der Sommer is ganga
hat d'Schattn de langa
dafür mir jetzt gschickt.

De Nebe wern mehra,
de Weg san jetzt leerer.
Ma traamt öfter zrück.

As Laub riacht nach Moder,
de Welt is vui toter
Und i aa damit.

Der Sommer is umma
hat d'Farbn mitgnumma.
Von mir aa a Stück.

De Sonna scheint kälter,
Wind waht über d'Felder.
Und nix kommt mehr zrück.

Und a blauweißer Himme

Und a blauweißer Himme hat se über uns gspannt.
Und den Feldweg, den kloana samma ganga mitnand.
Und 's Troad, des is gstandn, und reif war as Korn.
Und der Weg hat se wo im Kornfeld verlorn.

Und der Tag war so klar, und koa Lüfterl hat gwaht,
Und a Gruin, de hat zirpt, aber sonst wars ganz staad.
Und der Mohn, der hat gleucht ausm Troad raus so rot.
Und beim Hoamgeh, da hamma Mohnbluma brockt.

Und as Korn, des is gmaht, und verblüaht is der Mohn.
Und über de Stoppeln streicht der Herbstwind leicht schon.
. . . Und Zeit is verganga und vergeht ohne End
. . . Is bloß oamal fast steh bliebn für an kloana Moment.

Der letzte Sommer

Der Sommer war so lang und bunt.
Jetzt is er mit de Vögl weg zum Südn.
Nur a paar Schattn der Erinnerung
san in der Einsamkeit mir bliebn.

Müad fallt der Regn durch kahle Äst
und wascht allmählich von de Straßn
vom Gestern aa den letztn Rest.
Nix is, was war, nix werd mehr übriglaßn.

Der Sommer war mit dir de Zeit.
Wia schnell hat d'Zeit de Zeit weggnomma.
Was grad no war, is scho so weit.
Und nix werd nomal wiederkomma.

Lang war der Sommer

Lang war der Sommer, lang und schee.
Es war a guate Zeit.
Doch alls, was Zeit hoaßt, muaß vergeh,
aus Gestern werd as Heut.

Aus Heut werd s'Morgn, es lauft de Uhr,
Zruck bleibt Erinnerung,
es gibt koa Zruck und koa Retour,
aus Alt werd niamehr Jung.

Es war a Sommer, lang und schee.
wo is de Zeit bloß hin?
Und trotzdem is aa im Vergeh
vielleicht a tiefer Sinn!

’s Jahr hoaßt jetzt Herbst

’s Jahr hoaßt jetzt Herbst und macht se scho
schee langsam auf zum Geh.
Es malt so bunt mit Farbn o,
macht se zum Abschied schee.
De Starln habn se zum Abfliagn gricht
und sitzn auf de Draht.
A Spinnwebnfadn kitzelt im Gsicht
und werd vom Wind verwaht.
Der Himme is jetzt ganz weit obn,
schaugt blauverwaschn her.
Ohne vui Kraft hängt d’Sonna obn,
und d’Schattn wern jetzt mehr.
De scheena Tag san gschenkt, wern rar,
d’Blattln tanzn von der Höh.
Ringsum da herbstlts und as Jahr
riacht leicht nach Falln und Geh.

Herbstln duats

Am blaßblauen Himme welkt scho d' Sonna,
und d' Schattn nemma langsam zua.
Es draht an Ruckn scho der Sommer.
Und dunkl werds jetzt wieder fruah.

De Luft is voller feiner Fädn,
d'Natur hat Sommerschlußverkauf.
De Eisverkäufer schliaßn d'Lädn.
Ma raamt de Gartnmöbeln auf.

Jetzt konnst 's Oktoberfest derwartn.
de letztn Asterln blüahn bloß no.
's Kartoffefeuer brennt im Gartn.
Der Sommer fliagt im Rauch davo.

Über de Stoppeln

Über de Stoppeln waht der Wind,
eigfahrn san Korn und Heu.
A lange scheene Zeit entschwindt,
der Sommer is vorbei.

Wia kloane Dracha hängt de Zeit,
hängan de Tag mit dir
am Himme hintn bunt und weit.
Doch neamd holt zruck sie mir.

Ganz kloane Tupfer sans grad no
unwirkli wiara Traam.
De greana Blattln färbn se scho
ganz herbstgelb auf de Baam.

As Jahr sagt staad pfüa Gott, ’s is spät.
Jetzt wern de Schattn mehr.
Der Herbstwind waht, de Zeit vergeht.
Und i tapp hinterher.

A bunter Tupfer

I schreib de vergangenen Tag mit dir
mit farbige Fuizstift auf a Blattl Papier.
I mach a rots Pünkterl hinter den Tag,
an dem i di damals kennaglernt hab.
Mit blauer Farb streich i o dann ganz schee
den Nachmittag draußn am Starnbergersee.
Bei der greana Farb, da denk i dann dro
an den Sommertag damals im Gras irgendwo.
Der Herbstspaziergang, woaßt scho, im Wald
werd so gelb wia de Blattln im Herbstwind ogmalt.
Des traurige Grau spar i auf mir für dann
für den Tag, wo Pfüat Gott mia für oiwei gsagt ham.
Ganz bunt schaugt des Blattl auf oamal jetzt aus,
und i bastlt an kloana Dracha mir draus.
Laßn flattern im Herbstwind und schaug, wiara steigt,
bis als kloaner Fleck er zum seign bloß no bleibt.
Lieg im Gras und schaug aufe, schaug aufe und zrück
zu dem kloan buntn Tupfer von vergangenem Glück.

Oktoberfest

Laßt's mi in Ruah mit all dem Kram,
der wo mi sonst geniert:
Heut abnd wui i mein Friedn habn,
heut abend werd net dischkriert.
Von Politik, von Kriag und Gschäft
da werd heut nix erzählt,
heut geh i aufs Oktoberfest,
heut wechselt i mei Welt.
Heut hock i mi in d'Budn nei
und zuzzl oa, zwoa Maß,
beim Defiliermarsch fall i ei
und schlag an Takt zum Gspaß.
Na schaug i zu der Toboggan
und gfreu mi, wenn's d'Leut draaht,
kauf mir gebrannte Mandeln dann
und wackl hoam schee staad.

Wiesnfreudn

Schau hi, wiase d'Karussell' wieder drahn
mitm Feuerwehrauterl, de Pferdln, am Schwan!
I sitz mi schnell nei und fahr a kloans Stück
zur Drehorglmusi ins Gestern kurz zrück.

Scho sieg i mi drin in der Geisterbahn sitzn
und mi fürchtn, wenn de rotn Teufelsaugn blitzn.
I lutsch um a Zwanzgerl a Steckerleis
und gewinn bei der Tombola a Gipsroß als Preis.
Iß nomal a Magnbrot und d'Zuckerwatt,
de wo halt so narrisch süaß gschmeckt hat.
Hör mi nomal über mein Luftballon woana,
der wo ma davofliagt und als Tupfer als kloana
am Abendhimme schee langsam verschwindt,
da droma bei der Bavaria hint.
Sitz später dann in der Rundschaukel drin
und plag mi, daß i an Looping zsammbring.
Für mei Freundin, de Gabi, ziag i ab jetzt a Schau,
wenn i, was as Zeug halt, an Lukas naufhau.
I fahr dann mit ihr in der Geisterbahn,
fürcht mi gar nimmer jetzt, wenns dunkel werd dann.
An Strauß voller Rosn aus buntn Papier
schiaß in nomal so stolz an der Schiaßbudn ihr.
I geh nomal Händchen haltend dann hoam
von der Schwanthaler Höh bis fast auße nach Loam.
... De Musi hört auf ... scho stehts Karussell.
Wia kurz war de Fahrt. De Zeit lauft so schnell.
Wia schnell is vorbei, was grad doch no war.
Wia rasend verfliagn doch de Jahr.

Der Spätherbst kimmt

Wenns hutzlig werdn und oiwei gelber,
wenns net amal mehr braucht an Wind,
weil d'Blattl falln scho ganz von selber,
dann merkst as, daß der Spätherbst kimmt.

Der Nebel werd jetzt immer faader,
wennst eischnaufst, stickt er di im Hals,
de Zeit werd no a bisserl staader,
a wengerl trüaber werd jetzt alls.

Der Rentner Obst kriagt sei Rheumatisch,
ziagt lange Unterhosn o,
as Katzenfell werd eahm sympathisch,
aa wenn er's sonst net leiden ko.

Er geht ins Bett a bißl früahra,
's Spaziergeh macht jetzt wenig Freid
und holt se seine Büachl vira.
Um de Zeit hat ma jetzt vui Zeit.

Spätherbst

As Jahr schickt se bald o zum Geh.
Und für den kloana Rest,
der bleibt, putzt es se nomal schee
und gibt sei Abschiedsfest.
Es gibt se lustig, duad als wia,
wenn's oiwei so kannt bleim.
De Blattln farbn se schee wi nia
und tanzn von de Bäum.
Allsamt mitnand is farbig jetzt:
de Asterln, wo no blüahn,
de Lampions vom Gartnfest,
de Dracha, wo drobn fliang.
Grad wias Kartoffelfeuer drent,
wenns flackert gelb und rot,
ausglaßn se ins Nix verbrennt,
sagt's Jahr auf bunt »Pfüa Gott«.

Die letztn Blattln

Alls liegt jetzt ganz staad und verlassn da.
Fast kunntst moana d'Zeit staand stui.
D'Luft schmeckt a weng scho nach Winter se o.
's fehlt nimmer so vui.
De letztn Blattln hänga verlorn
irgendwo in de gstarrign Äst,
als waarns von jemand vergessn worn,
und haltn se fest.
Wia wenn ses haltn kunntn de Zeit,
genauso kralln se se ei.
Als waar as Gestern oiwei no s'Heut,
als waar net der Sommer vorbei.
Doch diamal laßt s'oa oder s'ander se falln
... fallt müad und staad von der Höh'
Da daadst glei am liabstn mitdoa wolln
... und ohne an Mucksara geh.

De Schattn wern länga

De Schattn wern länga,
de Sonna werd wenga,
im Jahr is scho spät.

Mei Welt is vui enger,
muaß oiwei drodenga,
wia schnell alls vergeht.

De Tage vergenga,
der Winter werd kemma,
deckt's Land mit si zua.

Verwelkt san de Bluma
und rings umaduma
hat alls bald sei Ruah.

Verwelkt und vergeßn
verblüaht is, was gwesn,
was grad doch no war.

Verwaht und verflogn,
ins Gestern nei zogn.
Wia schnell fliagn de Jahr.

Hans Müller Schnüttenbach

Allsamt fallt

Allsamt fallt.
As Jahr is scho alt.

D'Tag san jetzt trüaber.
Da sinniert ma vui liaber.

As Laub liegt am Bodn.
Ma denkt an die Totn.

D'Liachtln am Grab
brennan langsam ab.

's riacht modrig und feucht.
Jetzt stirbt ses leicht.

Der Winter kimmt bald.
. . . Und allsamt fallt.

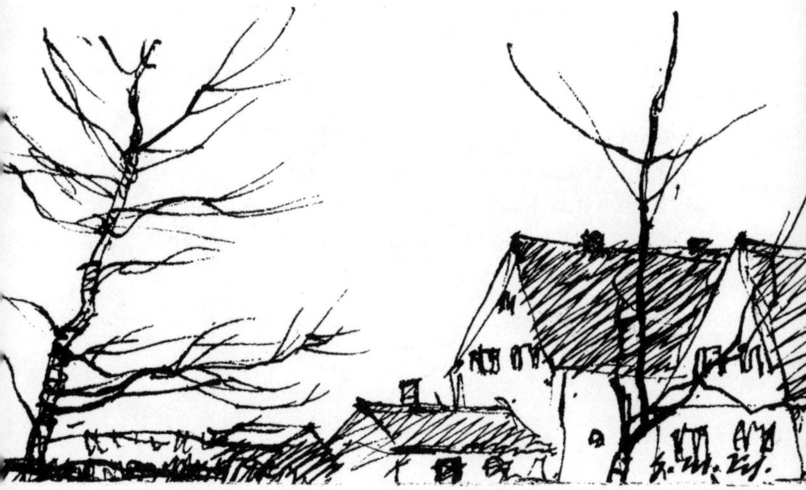

Novembertag

D' Ast san laar und 's Laub liegt am Bodn.
Der Gartn is fast ohne Farb.
A grauer Himme trauert trüabsinnig drobn.
Vielleicht, weil alls stirbt jetzt, was war.

De Zeit geht ganz langsam und müad nur
wia auf Schlappschuah dahi durchn Tag.
Verlorn fallt drobn von der Turmuhr
ins Grau nei verschwomma a Schlag.

De Chrysanthemen, Rosn und Nelkn,
am Seelntag vom Grab no der Schmuck,
liegn drauß aufm Friedhof vergeßn und welkn
und san in dem Sterbn vom Sterbn aa a Stuck.

Net amal s' Falln von verhutzlte Blattl
bringt in des Absterbn nei no a Lebn.
Vom Grau lediglich no grauere Schattn,
bloß Trauer, de matt in se neistirbt, duads gebn.

Abgesang

De Luft schmeckt nach verwelkter Sonna,
as Land stirbt nei in d'Winterruah.
Der Sommer is ins Gestern zronna.
As Jahr hinkt müad seim Ende zua.

Scho spreizn d'Bäum wia tote Finger
de kahlen Äst in Nebl weit.
Koan Vogel hörst no wo jetzt singa.
Ganz lautlos tropft die Einsamkeit.

Tot fliaßt der Fluß durch tote Felder.
Kalt druckt der Himme grau und schwer
auf dunkle winternahe Wälder.
A Rauch riacht traurig-fern woher.

Im Friedhof

Seit Jahr und Tag
sieg i am Nachbargrab,
wenn i zum Friedhof geh,
des alte Weiberl steh.
Zwoa Nama stehn drom:
da Mo und da Sohn.
Im Kriag is er gfalln,
wenn's net täuschen de Zahln.
Oft pflanzts a paar Bluma
und greit a weng ruma.
Bals dämmert scho,
zündt's Liachtl o.
Und bet' für de zwoa.
Mehr konn's net doa,
wia daß's wart des alt Leut,
bis's bei ihr is soweit.

De Zeit vergeht

De Zeit vergeht, es gfriert und schneibt,
is kalt und manchmal wahts.
Wenn in der Stadt der Schnee liegn bleibt,
is' bald a brauner Baaz.

Mordstrümmer Christbäum stellns jetzt auf
an alle großn Plätz.
Beim Weihnachtsgschenkerschlußverkauf
is' eine Riesn-Hetz.

Nur knapp a Woch zum Christfest no,
auf des ma se so freut.
Und acht Tag drauf Sylvester scho.
Mein Gott, vergeht de Zeit!

Wo is' nur bliebn des letzte Jahr
mit alle seine Täg?
Kaum daß was überhaupt erst war,
is' scho zuend und weg!

Gern wissat i, wo d'Zeit hingeht
und wohin allsamt treibt,
warum alls grad so kurz besteht
und warum gar nix bleibt.

Es gfriert und schneibt, es waht, is kalt,
Schlag zwölfe giaß ma 's Blei.
As Jahr is grad zwölf Monat alt.
– Und is aa scho vorbei.

De Flockn falln

De Flockn falln, falln ohne End
staad wiara Wiagnliad,
a Liad, des wo koa Aufhörn kennt.
As Jahr is alt und müad.

Unter seim Schnee der Tannbaum knarzt
und schaugt recht duster raus.
As Jahr kimmt jetzt mit Weiß und Schwarz,
fast ohne Farbn aus.

Der Tag spart aa mitm Liacht a weng,
macht Feierabnd recht fruah.
Doch, wer gscheit lurt, der konn aa seng,
bals net so hell is, gnua.

Der schaugt a wengerl nei in si,
wenns jetzat ruhiger werd,
horcht auf des Unscheinbare hi,
des ma sonst überhört.

De Flockn falln, es dämmert scho,
vui Ruah is weit und breit.
Ma zündt Adventkranzkerzn o.
Jetzt is de staade Zeit.

Gschneibt hats

Der Biwi konn se heut net mit de andern Spezln im Schnee rumtreibn,
denn er muaß no zwoa Seitn lang Wörter wia »Schneeball«, »Schneemann« ins Heft eine schreibn,
damits, wias Fräulein gsagt hat, endli in seim Hirnkastl drin bleibt,
daß ma Schnee mit zwoa »e« am Schluß hintn schreibt.
Aber dafür treibns seine Freund heut umso wuider draußn,
de im frischgfallnen Schnee umanandersausn
und von dem kloan Bergerl aufn Hosnbodn aberutschn
oder an Eiszapfa wiara Steckerleis lutschn,
und a Schneeburg baun se se aa no zsamm nacha,
weils morgn gega d' »3b« a Schneeballschlacht macha.
Vorher trainierns glei no aufn Biwi sei Schwester mit a paar Schüß,
de wo grad vom Schlittschuahfahrn zruckkemma is.
Der alt Zwick wui für seine Enkerl, de eahm heut bsuacha wolln,
no schnell a paar Walzn fürn Schneemo zsammrolln.
Doch hört er bald auf, weils no net recht klappt,
und der frischgfallne Schnee hat no net gscheit pappt.
Am Kanal drauß hams heut zum Eisstockschiaßn
erst an Schnee aus eahnara Bahn ramma müaßn.
»Aus der Boh«, schreit der Haberl und putzt se sei Bruin,
damit er de Daubn besser seign duad beim Zuin.
Der Schnauzl von der Witwe Stroh
hat heut sei vom Frauerl gstrickts Wollmanterl o,
damit s' n net oschneibt und net friern dann recht kannt,

aber er schaut gar net recht glücklich raus aus seim Gwandt.
Der Klavierlehrer Zapf übt drobn in seim Juhe
mitm Buam vom Direktor »Leise rieselt der Schnee«.
Der patzt aber jedsmal wieder beim »cis«
weil er total unmusikalisch halt is.
Der Rentner Obst schaut kritisch zum Fenster naus
und holt se auf alle Fälle s'Katznfell raus.
»Ja, ja«, moant er gscheit: »Fahrn mitm Schlittn de Kinder,
so konn ma drauf schwörn, na werds ganz bald Winter.«

Advent

As letzte Blattl is vom Baam abegfalln,
es is a Pfüagottsagn jetzat in allm.
Seim End geht as Jahr, gengan d' Tag wieder zua.
Der Sommer is weit und alls hat sei Ruah.

Jetzt steht uns de staade Zeit nei ins Haus.
Nach Hellem und Liachtn schaut ma gern aus.
Mia wartma im Finstern und paßma herent,
ob uns nixn net rüberleucht von da drent.

Wartn fest auf an Stern, der uns leucht in der Nacht,
der uns in dem Dunkln an Wegweiser macht,
und der uns vielleicht aa in unserer Zeit
wia de Bethlehem-Hirtn aufn Weg zu dir leit'.

’s Jahr is müad

As Jahr is müad und hatscht scho recht
de letztn Tag daher.
Doch wenns aa manchmal ausruahn mecht,
und wenn’s aa schnauft scho schwer,
es rackert se scho in sei Zui
aa des Jahr wieder nei
und führt zum End des gleiche Gspui
so wia jahraus jahrei.

Jahresbilanz

As Jahr mit zwanzg guate Vorsätz ogfangt,
hat dann aber net bsonders lang glangt.
Beim Fasching zwölf neue Adressn aufgschriebn,
bei der sechstn a halberts Jahr pappn dann bliebn.
Beim »zwoa-oans« vom Gerd Müller oan Meter hochghupft,
428 Gramm Schnupftabak gschnupft.
36812 Kalorien z'vui geßn.
Wieder net im Deutschen Museum drin gwesn,
35 mal die Bonanzas ogschaut.
Auf der Wiesn vier mal an Lukas naufghaut.
27 Kriminalromane glesn,
bei 18 derratn, wer der Mörder is gwesn.
211 mal an Schiedsrichter auspfiffa.
Beim Autofahrn 62 mal im Ton mi vergriffa.
43 mal as Jennerweinlied gsunga.
10 mal übern eigna Schattn gsprunga.
Jedesmal, wenn is ghört hab zur Mitternachtszeit,
mi über de boarische Nationalhymne gfreut.
12 Stund vor de rotn Ampln gwart.
18 Mark auf a Grundstück am Stachus gspart.
Beim Hochdeutschredn dreimal d'Zunga verrenkt.
365 mal an mei Buamazeit denkt.
Beim Schafkopfrennats an Vorletztn gmacht.
Koa oanzigsmal übern Mainzer Karneval glacht.
12 mal mir mit Dachsfett mei Rheumatisch eigriebn.
17 Preußn an falschn Weg ins Hofbräuhaus beschriebn.
An am Spielautomatn 20 Pfennig verlorn,
und aa des Jahr a Jahr wieder älter worn.

(nach einer Idee von Sigi Sommer)

Jahresvorhersagen

Jeds Jahr um d' Neujahrszeit umaranand,
da liest ma, nimmt ma de Zeitung zur Hand,
a ganze Menge von Hellseherei,
was alles im neuen Jahr los werd sei.
Von vui werd a Blick in de Zukunft riskiert,
was desmal wieder alls gschieht und passiert.
Für d' Hellseher is ja de Zukunft ganz offen:
da meldens uns Kriag und Weltkatastrophen.
Aber aa von Fürsten, Sportler, Minister
erfahrn ma Intimes ganze Register:
So sagns uns zum Beispiel voraus ganz genau:
Der Charles, der von England, findt des Jahr a Frau.
Und de Caroline, wißts scho, de Tochter der Grace,
brennt durch von dahoam mit irgendam Baze.
De Bundesregierung plant Schnupftabaksteuern
und der Herberger Sepp werd Trainer von »Bayern«.
De Sechzga steign aa in dem Jahr net auf.
De Araber planen an Hofbräuhauskauf.
Der Sommer, der des Jahr Urlaub gmacht hat,
findt nächsts Jahr am 15. Juli dann statt.
As Geld, des werd wenger und höher de Preise
Und aa sonst is leider manches halt schei . . .nbar net rosig.
So werd uns beim Weissagn manchmal ganz klar:
aa de Zukunft is nimmer des, was' amal war.
Mia wißma zwar net, ob des alles aa stimmt,
und ob des Vorhergsagte wirklich aa kimmt.
Bloß oa Prophezeihung – des sag i euch glei –
i habs neuli glesn – de trifft ganz gwiß ei:
Ist's, hoaßts da, Silvester hell, licht und klar,
dann is an dem Tag drauf ganz sicher Neujahr.

Zuaschaung

Zuaschaung, wenns schneibt,
wias d'Flockn verweht,
wia alls fallt und nix bleibt,
alls verfliaßt und vergeht …

Schaung, wia se der Rauch
zwängt ausm Kamin,
wiara steigt und verhaucht
ins Irgendwohin …

Wia'a Nebeschwadn ziagt
und taucht alls in se ei,
wiara kummt und verfliagt
… kannt i stundnlang fei.

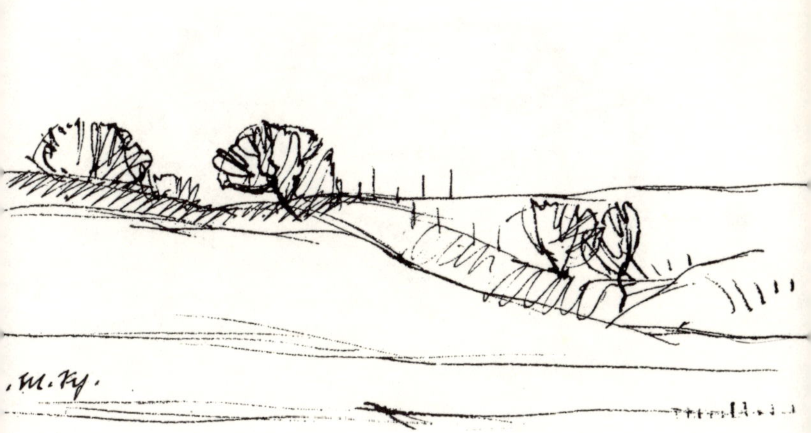

’s neue Jahr

Dreikönig is jetzt aa scho um,
vom Christfest ’s letzte Stuck.
Der Christbaum steht im Garten rum
ganz ohne jeden Schmuck.

Was bunt, voll Gold und Silber war,
voll Kugeln, Nuß und Stern,
is ohne Nadeln, dürr und laar
und wart’ aufs Abgholtwern.

De Gschenga tragt ma längst jetzt scho
und morgn is Schulanfang!
As neie Jahr, grad geht’s erst o,
geht scho den altn Gang.

Der Februar geht Maschkera

Der Februar geht Maschkera
mit Larva, falsche Baart.
As Faschingsgwand vom letzten Jahr
werd wieder aussezarrt.

Wer schee is, gwandt se greisli heit,
wer greisli is, auf schee.
A Laddierl, dem sonst fehlt de Schneid,
ko jetzt als Wuider geh.

De Junga genga jetzt auf alt,
de Altn auf ganz jung.
S' duad jeder grad des, was eahm gfallt.
Und koaner nimmts eahm krumm.

Der Fasching laßt dir d'Illusion,
daß du wer andrer bist.
Du gibst dir selber dei Façon
und für ganz kurz vergißt …

… Vergißt alls, was di ärgert so,
laßt hinter dir den Mist
… Ruckt erst der Aschermittwoch o,
muaßt wieder sei, werst bist.

As Land liegt zuadeckt unterm Schnee

As Land liegt zuadeckt unterm Schnee
und schlaft ins Fruahjahr nei.
Doch aa im Ruahn bleibt d'Zeit nia steh:
Nix bleibt, alls geht vorbei.

Aus Sommer, Herbst is Winter worn
und ausm Gestern Heut.
Bist richtig schaugst, is 's Heut as Morgn
und scho Vergangenheit.

Aus Gras wird Heu, aus Korn werd Brot,
alt werd, was grad no jung,
aus Weintraubn Wein, aus Obst Kompott,
aus Glück Erinnerung.

Aus Tag werd Nacht, aus »ist« werd »war«,
aus grüne Blattln Laub,
aus schwarzm Haar werd graues Haar,
und mia, mia wern mal Staub.

Is vui passiert im letztn Jahr.
Hast vui versaamt, verdo.
Doch holst nix zruck von dem, was war,
plagst di aa no aso.

De Uhr, de lauft, es lauft de Zeit,
mia laufma mit, mitdrin.
Doch koaner woaß genau Bescheid,
woaß ganz genau wohin.

Freier Tag

Mei war da des a scheener Tag,
a Tag, so richtig, wiar i 'n mag.
I klebatn am liabstn glei
als ganzer in mei Album nei:
Liegnbleibn habn derfa heut in der Fruah,
gfrühstückt und d' Zeitung glesn dazua.
A paar Kniabeugn und Liegestütz gmacht,
über a lustige Schallplattn glacht.
A wengerl im Freien rumspaziert,
tiaf eigschnauft und de guate Luft dabei gspürt.
A Liadl pfiffa, im Gras drinna gleng,
in d' Sonna blinzlt und grüabet a weng.
Über mi nachdenkt, mit mir selber aufgraamt,
de Wolkn nachgschaugt und was Scheens dazua traamt.
Brotzeit gmacht mit a Radlermaß
am Wirt sein Hund gstreichlt, mi gfreut über was.
Kloane Buama beim Fuaßballn zuagschaut,
und selm a bißl aufn Ball no draufghaut.
An d' Isar ganga und d' Füaß eineghängt,
am Wasser nachgschaut, an mei Buamazeit denkt.
Ans andere Ufer zuit mit am Stoa,
Zeit ghabt, faul gwen, garnixn doa.
Verruckte Sacha ausdenkt und selm drüber glacht,
mit mir selber gredt und Verserl gmacht.
Abnds gmüatli dann im Biergartn gseßn,
a wengerl was trunka, a wengerl was geßn.
Mit de Leut am Tisch a bisserl gratscht
über Gott und de Welt und hoam dann ghatscht.
D' Schuah auszogn, an Radio odraht,
ins Bett nacha ganga auf d' Letzt schee staad.

Der Tag war guat. Jetzt geht er z'end.
I gib 'n zruck in deine Händ.
I dank recht herzlich dir dafür
und sag halt mei Vergelts Gott dir.

Wünsche

Alles Guate und Schöne,
des wünsch i dir heut
für jetzt und für morgn
und de übrige Zeit:

An Freund, der da is,
wenn ma oan braucht,
a guats Wörterl von jemand,
wenns di oamal recht schlaucht.

As richtige Gspür
für alls des, was kimmt,
daß im Guatn wia Schlechtn
dei Augnmaß stimmt.

A offenes Aug
für de Freudn am Weg,
des überall no
was Schöns drin entdeckt.

A bisserl a Glück,
vui Gsundheit und Zeit,
dest hast für di selber
und de anderen Leut.

A Zui für dei Lebn,
wost niamals verlierst,
und daßt, was aa passiert,
an Sinn drinna spürst.

Wenn mir langweilig is

Ganz oft, wenn mir langweilig is aus am Grund,
dann denk i mir aus, wia des sei denn wohl kunnt,
und wia des dann is, wenn ma d'Leut, Zeit und d' Gschicht
ganz bunt a weng durchanand bringt und mischt:
Der Odysseus macht sei Irrfahrt mit Neckermann-Reisen.
Der Salomon gibt seine Ratschläg, de weisen,
als Briefkasten-Tante im Grünen Blatt dort.
In Sodoma draht der Kolle an Gomorrha-Report.
Der Läufer, der sell von der Marathonschlacht,
der hat dann mit'm Moped sei Meldung glei gmacht.
Der Schwarz erfindt net s'Pulver zum Schiaßn,
sondern Juckpulver bloß und as Pulver zum Niaßn.
Im Fernsehn drin im zwoatn Programm
haut »life« an Gordischen Knoten dann zsamm.
Alexander der Große, denn der is genau
heut Stargast in der Peter-Alexandrinischen Show.
Der Siegfried und d'Kriemhild, de gewinnan desmal
mit'm Nibelungenlied 's Eurovisionsfestival.
Der Orpheus, der singt grad a Langspuiplattn,
und der Zeus, der donnert bei »Bayern« an d'Lattn.
Der Ödipus redt über seine Komplexe
im Studienprogramm heut abnd um halb sechse.
Der Hannibal dressiert Elefanten im Krone,
und d'Venus von Milo serviert »oben ohne«.
Der Nero, der alte, der nutzt sei Talent
bei a Feuerversicherung als Werbeagent.
Und der Lohengrin fahrt statt auf seim Schwan
zur Elsa, seim Madl, mit Wasserski dann.
Der Bacchus schimpft auf der Wiesn ganz schwaar,

wia schlecht daß sei Maßkrug eigschenkt heut waar.
Und d'Eva schließli is schiach wia finster de Nacht,
und der Adam hat se aus ihra nix gmacht.
Weshalb s' dann als alte Jungfer aa stirbt
Und d' Menschheit stirbt drum aus, bevors erst gscheit wird.

Vergessn

Wiari neulich mal nachdenk, da hab i entdeckt,
i hab ganz vergeßn, wiara Bratapfe schmeckt,
wiara Brotscherzl guat is, einebrockt in Kaffee.
Hab verlernt aa an Hundstappra z'schwimma im See.
Wia a Drachnwaag baut werd, woaß i a net gscheit mehr
und beim Baamaufekraxln da daad i mi schwer.
Mei, i woaß aa bestimmt net amal mehr am End,
wia ma vom Maikäfer-Mandln de Weiberl wegkennt
und mir falln aa bestimmt nimmer aus'm Karl May
dem Hadschi Halef Omar seine Nama all ei.
I bring, glaub i, net mal bloß oan Abzählreim zsamm.
Hab de Regeln vergeßn, wia ma Schusser gspuit ham.
Jetzt woaß i genau zwar, was »Investment« bedeut
und i woaß in der Einkommensteuer Bescheid,
i woaß, wia ma d'Wurzel aus 79 ziagt
und wo ma Prozente im Großhandel kriagt.
Und doch is'ma s'letztemal grad aa so gwesn,
als hätt i ganz wichtige Sachen vergessn.

Auf München

Dorf und Millionenstadt,
de a Preuß gegründet hat.
Alte Häusln in der Au,
Wolkenkratzer, U-Bahn-Bau.
Blauer Himme, Berg zum seng,
Föhn und Schneetratsch, Nieselreng.
Isarauen, d'Luft voll Blei,
Gemütlichkeit und Grantlerei,
Biergartn, Kastanienbäum,
Verkehrschaos bis naus nach Laim,
Schafkopfrennats, Preiswettschnupfer,
Olympia, Stabhochsprunghupfer,
Radi, Brezn und a Maß,
Züngerl, Schweinsbratn, Leberkas,
Wammerl, Kraut und vis a vis
Pizza, Reiswein, Raznici.
Starkbierzeit, Oktoberfest,
Schwabing, Hippies und Protest.
Dirndlrock und Trachtengwand,
Blue Jeans, Mini, alls mitnand!
Inder, Schwedn, Mexikaner,
Rußn, Preußn und Japaner,
Leut aus China, USA,
hi und da a Münchner aa.
Zünftig, zwider, jung und alt,
greislich, nett, was, des oam gfallt,
und wo oam stinkt, was Bunts, was Graus,
des alls macht s'Gsicht von Münchn aus.

Vom Meßn- und net Meßn-Könna

As Geld, des wo ma am Erstn zahlt kriagt,
wia schnell Auterl fahrn, und a Flugzeug fliagt,
de Höh von am Berg, de Tiafn vom See,
de Breitn vom Fluß und de Läng der Allee.
Wiavui Benzin a Moped braucht,
wiavui Zigarettn a Durchschnittsmensch raucht,
wiavui Zins hundert Mark im Jahr gebn
und wiavui Leut in der Oberpfalz lebn.
Des alles san Sachan, de konn ma zähln,
de konn ma meßn und mit Zahlen feststelln.

Aber:

Wia weh a bös' Wort konn manchmal oft doa,
wia traurig a Mensch is, wenn er is ganz alloa,
wiavui Leid und Angst daß es gibt auf der Welt,
wia sehr deim Nachbarn a Zuaspruch oft fehlt.
Wiavui Freud hin und wieder a »Dank da schee« macht,
wia schee, daß' is, wenn ma froh is und lacht,
wia schwer, daß a kloane Huif öfter wiegt
und wia vui, daß a echte Freundschaft oam gibt,
wia tiaf, daß geh konn a freundlicher Blick
und wia vui daß wert is des ganz kloane Glück.
... Sovui, wost net zähln konnst und meßn duads gebn,
und grad des is oft grad so wichtig im Lebn.

Horoskop

Wer heut a Zeitung oschaugt,
de a bißl was taugt,
der werd in der Mittn, vorn oder hintn
ganz gwiß aa a Horoskop drinna findn,
des oam sagt, was ma alls zum Dawartn hat,
und oam sei nächste Zukunft verrat.
Da liest, wannst bei de Madln hast Chancen.
Fürn Diredare und deine Finanzn
sagts dir an bestn Tag in der Woch
und außerdem woaß' nebnbei noch,
wannst am bestn auf Reisn geh daadst
und wannst de vor Freund in acht z'nehma hast.
... Ma möchts kaum glaubn, wiavui Leutln daß lebn,
de wo auf de Horoskoper was gebn,
de wo moana, ma kannt in de Zukunft neischaun
und de dann wirklich de Sterne vertraun.
I freili halt gar nix von allem dem Mist.
I bin ja schließli a Mords-Realist.
I bin aufklärt und bin net so bläd.
Bei mir is koa Funkerl von Aberglaubn net.
Und überhaupt: Mir laßn von garnix uns blitzn.
Mir san von Natur aus skeptisch: Mir vom Sternbild der Schützen.

Was i gern doa daad

D'Zeit oft so zruckdrahn kenna grad wiaran Fuim,
nomal »köpfen« und Fuaßabwehr spuin,
nomal de ersten Fuaßballschuah kriagn
und als Klassentorwart ins Eck einefliagn,
am Dracha nomal a »Briaferl« naufschicka,
messerln und platteln und mit Holzsteckerl spicka,
nomal se gfreun über a Ripperl Schoklad,
wenns oans in der Schuispeisung gebn amal hat,
mit meim Freund, am Heini, Briafmarkn tauschn,
vom Neuhofer Berg mitm Schlittn aberauschn,
mi über mein grad kriagtn Freischwimmerschein
und über mein Oanser im Turnen mords gfreun,
nomal s'erste Mal in an Cowboy-Fuim geh,
und nomal um Kartn fürn »Sechzga« osteh,
mei ersts selbstverdients Geld kassiern
und mit eahm d'Susi zum Tanzn ausführn.
... So gern daad i 's Gestern oft macha zum Heut,
doch konn i s' net zruckdrahn koan Meter de Zeit.

De Zeit war schee

I blattlt a wengerl im Album drin rum,
denn alls, was oam bleibt, is d' Erinnerung.
I sieg de Buidln wieder ganz bunt.
'S is grad so, wia wenn i 's olanga kunnt:

Dei buntbleamets Kleidl, 's Expresso-Café.
Unser erster Spaziergang, der glanzerte See.
Wiari nacha du-sagn hab 's erstmal mir traut.
Dei Hand, dei Mund, der Gruch deiner Haut.
Dei kloane Wohnung, da drom am Juhe
im Glasscherbnviertl, der Schwanthalerhöh.
Der verrengte Sonntag bei dir droma dann.
Und wia ma damals so glücklich gwen san.
De Zeit war schee.
Jetzt is vorbei. Alls muaß vergeh.
An Zoager unsrer Uhr
halt neamad auf, draht neamad retour.

Und vielleicht is aa guat so, daß alles vergeht,
daß gar nixn bleibt, daß d' Zeit nia net steht.
Und vielleicht waar as Glück aa gar koa Glück,
waars net bloß vom Lebn grad a schnell verflogns Stück.

Was schwer is

Am Nordpol droma Stoapuizl findn,
an Segelverein in der Sahara zum gründn
oder in der Wüste Gobi Radi opflanzn.
Mit'm Max II-Denkmal Cha-Cha-Cha tanzn.
Vom Yul Brynner sein Glatzkopf an Haarschopf ausreißn.
As Jodeln lerna am Kurgast aus Preußn.
De Löcher im Schweizer Kaas zuanahn,
am Eskimo an Eisschrank odrahn.
Des alles is bestimmt net leicht
und mir nix dir nix net erreicht,
doch is' – des hab i so im Gfui –
no wirkli 's reinste Kindergspui
dagegn, daß du mir endli sagst,
daß du mi gern hast und mi magst.

A Putzfrau mitsamt am Besn verschlucka,
ohne Anlauf übern Chiemsee numspucka.
In der Isar drin an Walfisch fischn,
am helliachtn Tag Wolpertinger derwischn.
Bayrisch überall als Weltsprach eifüahrn,
mit drei Kritische no beim Wattn verliern.
An schiafn Turm von Pisa gradbiagn,
auf der Wiesn an Maßkruag voll eigschenkt kriagn.
Des alles is bestimmt net leicht
und mir nix dir nix net erreicht,
doch is' – des hab i so im Gfui –
no wirkli 's reinste Kindergspui
dagegn, daß du mir endli sagst,
daß du mi gern hast und mi magst.

Auf d' Zugspitz nauf mit am Radlrutsch fahrn,
a Grundstück mittn am Stachus zsammsparn,
an U-Bahnwagn nach Feldmoching entführn,
a moderne Kunstausstellung kapiern.
D' Bavaria von der Theresienhöh wegstibitzn,
an Beckenbauer im Fuaßball austrixn.
As Jennerweinliad auf Chinesisch zum singa,
an Mao in d' CSU als Mitglied neibringa.
Des alles is bestimmt net leicht
und mir nix dir nix net erreicht,
doch is' – des hab i so im Gfui –
no wirkli 's reinste Kindergspui
dagegn, daß du mir endli sagst,
daß du mi gern hast und mi magst.

Der alte Rentner

Bei uns in unserm Mietshausblock
da wohnt ganz obn im 6. Stock
scho lang drobn drin in seim Juhe
der alte Rentner Siebenzeh.

Er hat, wia ses für Rentner gehört,
natürli aa sei Steckenpferd.
Doch is' a recht a ausgfallns halt grad,
des Hobby, des er ausgsuacht hat:

Er wandert, wenn der Tag is schee,
ins Isartal oder an See
und sammelt für si ganz alloa
ganz bunte kloane Kieslstoa.

De legt dahoam am Tisch er dann
ganz langsam, fast andächtig zsamm.
Und jeder Stoa werd dann a Stück
von am ganz bsondern Mosaik,
dem Mosaik Erinnerung.
Und für ganz kurz werd wieder jung
der alte Rentner Siebenzeh
im 6. Stock in seim Juhe.

Er suacht in der Vergangenheit
de buntn Fetzn von der Zeit,
in der er, wenn aa net für lang
is glücklich gwesn irgendwann,
spaziert dann in der Zeit so bunt,
der Zeit, die niamehr wiederkummt.
Er traamt se nomal richtig nei
und schlaft oft übern Traama ei.

Wer eahm so sehgat auf seim Platz,
der moanat gwiß, ohmei, den hats!
Ganz wenig wern eahm wohl versteh
den altn Rentner Siebenzeh.

Mei Schuiweg

Heut bin i 'n noamal ganga
– scho längst scho wollt i des doa –
mein Schuiweg, mein damals so langa.
Doch heut bin i 'n ganga alloa!
Der Gagge is heut net dabei gwen,
der damals war oiwei dabei!
Hab nix mehr ghört von eahm seitdem,
seit d'Schuizeit für uns war vorbei.
Heut hab i net drodenkt ans Schwanzn,
weil i d' Hausaufgab no net recht ko,
hab braucht heut koa Tafe, koan Ranzn
mitm Speisungshaferl hint dro.
So lang is verganga scho jetzt alls
und doch sieg i 's no ganz genau,
wias gwen is seinerzeit damals,
als ob i an Fuim mir oschau.
I sieg mi genau nomal gführt wern
am erstn Schuitag und geh,
halb stolz und halbert aa ungern
de Schuihaustreppn in d' Höh.
Spui Völkerball wieder im Hof drin,
muaß nachsitzn nomal und schnauf,
damit i net gar so spät dro bin,
dann hoamwärts im Dauerlauf.
Rauf wieder mitm Wambo, dem fettn,
weil er fast jedsmal verklagt,
und wälz mi mit eahm in der Lettn,
aa, wenn mi der Vater dann schlagt.

Renn nomal, was d' Füaß hergebn runter
beim Fliager- und Bombenalarm
und hock dann drinna im Bunker,
sieg d'Leut voller Angst in d' Luft starrn.
Spui noamal Räuber und Schandi
dadrin in dem ausbombtn Haus,
fang dort mit meim Nachbarn am Mandi
für sei ältere Schwester a Maus.
Rauch s' erstemal drinna Zigrettn
und kimm ganz erwachsn mir vor,
fahr nomal mitm Radl um d' Wettn,
steh nomal im Schuispui im Tor.
Derf was bei der Schlußfeier vortragn
mit der Inge zsamm von der 7b,
auf de mir gspunna ham allsam,
und werd nomal rot, wenn i s' seh.
Hör nomal am Direx sei Ansprach,
Pfüa Gott sagn zu alle mitnand,
er wünscht mir aano, daß i 's guat mach
und druckt mir mei Zeugnis in d' Hand.
Dann ham mir uns alle versprocha
»auf bald« ... Vui hab i nia wieder gseng.
Zum Woana und halbert zum Lacha
is 's mir dann gwesn beim Gehn.
Und damals, da is 's mir scho kumma
und heut fallts mir aa wieder ei:
Wia schnell is die Zeit bloß verrunna,
wia schnell war doch alles vorbei!

A Gruaß von gestern

A Schusser aus Glas mit bunte Spiraln.
»Wer das liest spinnt« auf a Hauswand higmaln,
a Guatlkettn, a Bärndreck,
an a aufgwetztn Hosn a hignahter Fleck,
a Schokladmaikäfer, a Waffebruch,
a Kletznbrot, a Bratäpfegruch,
a Dracha a bunter, der schwanzlt im Wind,
a Karl May, a alter, den ma im Büachaschrank findt,
a Schifferl, a zamglegts aus Zeitungspapier,
a »Hänschenklein« klimpert wo aufm Klavier,
a Kind, des wo mit Baustöckl spuit,
a Karussell, a Schaukl, der Gruch von a Duit,
a alte Blechbüchsn, de i wegschubs mitm Fuaß:
Des alls, des is wia vom Gestern a Gruaß.
Bei so was schaugts Früahra kurz eine ins Heut
und bringt mir durchanand mei Erwachsenen-Zeit.

Der Häuptling Abendwind

Der Max, der Häuptling Abendwind
vom Stamm der Delawaren,
des war mei bester Freund als Kind,
als Bua vor langen Jahren.

No oamal nimm de Spur i auf
zruck in d'Buamazeit.
Laß de Gedankn eahnan Lauf,
as Gestern werd zum Heut.

Im Mietsblock Mondstraß Nummer zehn,
da hamma gwohnt mitsamm.
Da dortn is des Wigwam gwen
vom Delawarenstamm.

Der Rio war der Glockenbach,
a Wiesn die Prärie.
Da hamma unser Lager gmacht,
der Abendwind und i.

Der Schuiweg is der Kriegspfad gwen,
wo ma oft zsammgruckt san
mit de Komantschn von danebn,
am kriegerischn Stamm.

Doch lang scho is vorbei de Zeit
und is verwaht de Spur.
Es gibt koa Zruck mehr ausm Heut,
es geht koa Weg retour.

Mei Freund, der Häuptling Abendwind
vom Stamm der Delawaren,
hat mit seim »Mustang« se darennt.
Des hab i heut erfahren.

Nacht werds

De Liachtl von dem altn Haus
gehn langsam nachanander aus.
Beim Magerl druntn im Parterre
ziagt d' Schlappschuah aus der Zimmerherr,
de neuen ausm Schlußverkauf
und macht de Spätnachrichten auf.
De Großmutter mit Gruslstimm
liest Gschichtn von de Brüder Grimm
ihrm Enkltöchterl vor ganz staad,
des scho a echte Ganshaut hat.
De Gsanglin deckt, ehs geht zur Ruah,
no schnell an Wellensittich zua.
Des alte Fräun Elisabeth
schaugt ängstli unter ihra Bett,
bevor sie si dann einelegt.
Aa heut hat se drunt neamds versteckt.
Der Rentner Anton Siebenzeh
kocht se no sein Kamillentee
und trinktn langsam Schluck für Schluck.
Dabei denkt er an früahra zruck,
wacklt mitm Kopf und moant »ohmei«.
Dann schlaft er glei am Sofa ei.
... Der Tag is müad, es is jetzt spät.
Er gähnt und geht jetzt aa ins Bett.

Fragen

Wer woaß, wo as Gestern wohnt,
de Zeit, die niamehr wieder kommt.
Wer sagt mir, wohin alls, was kimmt,
bist richtig schaugst, verrinnt?
Wer woaß, wohin de Zeit uns treibt,
wer woaß, warum daß gar nix bleibt?
Wer sagt mir, wo mei Weg higeht
und wo mei Ziel dann steht?
Wer woaß, warum daß etwas wird,
wer woaß, warum daß alles stirbt.
Gibts wirkli in dem Lebn drin
an Weg, a Zukunft, an Sinn?
As Lebn is voll Fragen:
und treibt uns oft rum.
Doch koaner gibt Auskunft,
a jeder bleibt stumm.
Koaner gibt Antwort,
warum und wohin.
Wer weist mir mein Weg,
und mein Sinn?

Bleib bei mir

Grad wiara Haus ohne Tür
und ohne Dach.
Grad wiara Bettlmo arm,
ganz ohne Sach.
Wia ohne Menschn a Stadt,
a Tag ohne Sonn'.
Grad wiara Gschicht ohne End,
a Liad ohne Ton.
Grad so waar i,
i ohne di.
Kimm, geh net weg!
Schee is bei dir.
Kumm bleib bei mir
für alle Täg!

Grad wiara Buach ohne Wort,
a Wald ohne Baum.
Grad wiara Kerzn ohne Docht,
a Rebstock ohne Traubn.
Wia ohne Wasser a Fisch,
a Windmuih ohne Wind.
Grad wiara Reiter ohne Roß,
ohne Muatter a Kind.
Grad so waar i,
i ohne di.
Kimm, geh net weg!
Schee is bei dir.
Kumm bleib bei mir
für alle Täg!

Grad wiara Zui, des ma findt,
nach langer Fahrt.
Grad wiara Briaf, den ma scho
ganz lang derwart.
Grad wiara Feuer im Herd,
des wärmt so schee.
Grad wiara Maiglöckerlgruch,
a glanzerter See.
Schee is bei dir.
Kumm, bleib bei mir
für alle Täg.
Schee is bei dir.
Kumm, bleib bei mir.
Geh niamehr weg!

Grad wiara frischgfallner Schnee,
a Tau in der Früah.
Grad wiara sonniger Tag,
a Baum in der Blüah.
Grad wiara ganz klarer Bach,
aus dem ma trinkt.
Grad wiara Liacht in der Nacht,
des freundli blinkt.
Schee is bei dir.
Kumm, bleib bei mir
für alle Täg.
Schee is bei dir.
Kumm, bleib bei mir.
Geh niamehr weg!

Wia im Wartesaal

Mia sitzn wia im Wartesaal
am Bahnhof Richtung Glück,
und koaner kennt de Ankunftszeit
vom Schnellzug »Augenblick«.

Mia redn oft vom großn Zui
und kennen's doch fast kaum
mia redn, redn lang und vui
und sehns meist bloß als Traum.

Oft glaubt ma wo den Zug zum
hörn
und rennt zum Bahngleis dann
an Punkt an kloana siegt ma fern,
vorbei is er scho lang.

Mia wartn drin im Wartesaal,
mia wartn allerwei,
und bis ma's richtig merkt und spannt,
is alles scho vorbei.

As Lebn

Du werst net gfragt, ob ja, ob na.
Bist schaugst, bist für a Zeitlang da.
Bist mir nix, dir nix einegstellt
und blinzelst nei ins Liacht der Welt.
De erste Zeit denkst net an morgn,
de andern tragn für di no d'Sorgn.
Ma nimmt di no bei deiner Hand,
zoagt dir das unbekannte Land
und weist dir no an Weg ins Lebn.
Du derfst di no, wiast sei möchst, gebn,
derfst du sei, lacha, woana, spuin,
und, wia dir grad ums Herz is, fuin.
Doch bald scho muaßt alloa jetzt geh,
du lernst auf eigne Füaß zum steh.
Nach vorwärts hoaßt ma di jetzt schaugn,
für später sorgn, für d' Zukunft taugn.
»Wenn i erst groß bin«, lernst zum sagn
und stattm Jetzt as Morgn bloß z'jagn.
Mit der Geduid is net weit her,
as Wartn fallt dir jetzt scho schwer.
Du wartst bloß no, daß d' Zeit vergeht,
obwohl de sowieso nia steht.
Tatsächlich is' aa bald so weit:
Dei Kindheit is Vergangenheit!
Jetzt bist erwachsn, jetzt bist »groß«,
und jetzt geht d' Hetz erst richtig los.
Und oiwei öfter denkst dir halt:
»waar des vorbei scho«, »waar scho bald«.
Und bist recht schaugst, san, kaum zum glaubn,
de Jahr verrunna wie im Traum.

Der Sommer geht so schnell vorbei.
Es farbt se bald scho herbstlich ei.
Und aa der Herbst, der welkt dahin,
und scho bist fast im Winter drin.
Alls hat jetzt Zeit, nix hat mehr Eil.
No oamal ruahst di aus a Weil.
Jetzt geht fast oiwei bloß no zrück
in de Vergangenheit dei Blick.
Statt »wenn scho bald« und »wenn doch scho«
denkst öfter jetzat »wenn doch no«.
Doch bist recht woaßt, wiaso, warum,
is scho dei Bsuachszeit aus und um.
Und wieder werst erst net lang gfragt,
bevor ma di dann auße tragt.

Vergleich

Wia wenn as Lebn a Spui grad waar
auf dem Theater Welt,
und mia waarn bloß a Schauspuischar
von wem da einegstellt?

Mia spuin drin in dem Stück a Rolln,
neamd woaß, wias geht mal naus.
Jedn Augnblick kann der Vorhang falln.
Bloß: koaner klatscht uns Applaus.

Was samma denn scho

A Bluma, de kaum daß' erst blüaht, scho verblüaht,
a Fünkerl, a kloans, des im Windhauch verglüaht,
a bisserl a Menschsei, a Wachsn, a Werdn,
a bisserl a Lebn und a bisserl a Sterbn,
a Stäuberl am Mantel der Ewigkeit dro:
Was samma denn scho?

A wengerl a Unruah, a wengerl a Sorgn,
a Wandern a kurz's zwischen gestern und morgn,
vom Dunkln ins Helle, ins Lebn nei a Schritt
und vom Hellen ins Dunkle der Schritt wieder zrück,
dahin, wo ma niamehr zruckkomma ko:
Was samma denn scho?

A bisserl a Hoffen, a bisserl a Freud,
a bisserl a Angst und a bisserl a Leid,
a bisserl a Daseinderfa herübn,
a bisserl a Wartn, a Ausschaugn nach drübn,
a bisserl a Abschiednehma dann no:
Was samma denn scho?

Bloß a Nama mit am schwarzn Rand rum

In der Früah, wiare hab Zeitung gnomma in d'Hand,
hab i *ihrn* Nama drin gseing rundum mit am Rand.
Es ist wohl as erst- und as letztemal gewesn,
daß ma von ihr in der Zeitung hat glesn.
Sie war aa für d'Zeitung net interessant,
war net prominent und koa bisserl bekannt.
Nix hätt' von ihra a Schlagzeiln gebn,
denn sie hat ja bloß glebt ihra unscheinbars Lebn.
und sie kriagt a bestimmt koa größere Leich,
koa Staatsbegräbnis mit bsondere Bräuch,
koane teuern Kränz wern liegn aufm Grab.
... Und doch, es fehlt was, es geht jetzt was ab:
Es geht a weng ab von all ihrer Freud,
des ghabt hat, hat's gholfa de anderen Leut.
Es fehlt ihra Lacha, ihr freundlichs Gsicht,
es fehlt jetzt im Dunkel a kloans, a warms Licht,
a weng von de Sorgn und von ihrm kloan Glück,
des' erlebt und gschenkt hat, es fehlt halt a Stück.
Vui fallts ja net auf, daß irgendwas fehlt.
Und doch is' jetzt leerer und ärmer die Welt!

Grüaß di Gott, Bruader Tod

Der Kirschbaum steht in voller Blüah.
As Gras is saftig, 's Jahr is früah.
Alls wachst und treibt und is voll Lebn.
Und trotzem steht *er* scho danebn.

No steht as Korn drauß aufm Feld.
De Ähren san ganz reif und gelb.
Dazwischen raus leucht rot der Mohn.
Der Bauer wetzt sei Sansn schon.

No siegst as Kind drin in da Wiegn
als a ganz a kloanes Buzerl liegn.
No machts de erstn kloana Schritt.
Doch *er*, er geht scho oiwei mit.

No kraht der Gockl in der Fruah,
no lacht der Bursch seim Madl zua,
no pfeift der Vogel, springt as Reh.
Da steht *er* scho ganz in der Näh.

Der Baum, der no im Wald drin steht,
is bald vielleicht bloß no a Brett.
Der Schreiner zimmert bald scho draus
für oan von uns as letzte Haus.

Des Pferd, des auf der Woad no springt,
an schwarzn Wagn zum Friedhof bringt
vielleicht in a paar Wocha schon.
Und *er*, er sitzt als Kutscher drom.

Bruader Tod, grüaß di Gott.
Bist oiwei dabei.
Grüaß di Gott, Bruader Tod,
werd nia ohne di sei.

I bin, woaß net gscheit wer

I bin, woaß net gscheit wer.
I kimm, woaß net, woher.
I leb, woaß net, wialang.
I stirb und woaß net, wann.
I geh, woaß net, wohin.
Was is mei Zui, mei Sinn?

I woaß, s' werd drauf im Leben
koa sichre Antwort gebn.
Koa Mensch gibt Auskunft mir.
Drum bet i jetzt zu dir.
Gib bittscheen mir an Halt,
wenn ringsum allsam fallt!

Kenn i mi nimmer aus,
dann zoag an Weg mir raus!
Konn i koan Sinn mehr seng,
ins Finstre leucht a weng!

Wenn i oft nimmer ko,
geh mir a Stück voro!
Mein Anfang und mei End
leg i in deine Händ. Amen!

Danke

Dankscheen dafür, daß i leb, daß i bin,
daß i da sei derf in der Welt da herin.
Wia schee, daß i lebn kann, schnaufa und fuin,
mi gfreun und lacha, arbadn, spuin,
liabn und gern habn, gern ghabt wern.
Geh, huif ma, daß i aa weiterhin lern,
Ja z'sagn zu mir, zu de andern, zum Lebn,
zu all dem Scheena, des wost ma hast gebn.

Regntropfn

Wenn a Regntropfn in See einefallt
und eigeht und aufgeht im See,
wenn a Ton, den ma gredt hat, ganz lautlos verhallt,
wenn a Schneeflockn oanswerd mitm Schnee.
Dann möcht i oft der Tropfn, der Ton, de Flockn sei,
mi einfach als mi selber verliern,
nimmer über mi nachstudiern,
ganz staad bloß zlaufa und zgeh.

Wenn a Hauch allmählich ins Nix nei verwaht,
wenn a Bach ins Gröll nei verrinnt,
Wenn a Spur se verlauft in Sand nei schee staad,
wenn a Kerzn langsam verbrennt...
Denn möcht i oft der Hauch, der Bach, de Spur,
de Kerzn sei,
mi einfach als mi selber verliern,
nimmer über mir nachstudiern,
ganz staad bloß zlaufa und zgeh.

Wenn der Tag schee langsam zur Dämmerung wird,
wenn a Eis in der Sonn' zlauft und zrinnt,
wenn a Augnblick se in d'Zeit nei verliert,
wenn d'Zeit in de Ewigkeit mündt...
Dann möcht i gern der Tag, des Eis, der Augenblick, de
Zeit sei,
mi einfach als mi selber verliern,
nimmer über mi nachstudiern,
ganz staad bloß zlaufa und zgeh.

Du Herr der Zeit

Von irgendwo, von ganz ganz weit
fallt aus der großn Ewigkeit
de Zeit: Jahr, Tag, Moment.
Sie falln und falln, falln ohne End.
Und irgendwo sitzt irgendwer,
der schneidt de Zeit mit seiner Scher,
er teilt und teilt und schneidt und schneidt
a Fetzerl Leid, a Fetzerl Freud,
a Fetzerl Liab, a Fetzerl Glück.
Und alls bleibt bloß an Augnblick,
es fallt, vergeht scheins ohne Sinn
und woaß Gott wo für oiwei hin.
Es fallt der Tag, es fallt de Stund,
alls fallt in an ganz tiafn Grund,
den Abgrund der Vergangenheit.
Und mia, mia wißn net Bescheid,
mia wißn net wiaso, warum,
mia wißn bloß: de Zeit geht rum
und hoffn, daß der irgendwer,
der zuateilt mit der großn Scher,
oamal dann wieder nach der Zeit
uns auffangt in sei Ewigkeit.

Bitte

Wennst uns amal, wiast versprocha uns hast,
am Jüngstn Tag wieder aufersteh laßt,
dann laß, i bitt di, bei dir aa da drübn
no a bisserl was sei von unserm Herübn.
Erfüll, liaber Gott, mei herzlichs Gebet,
vergiß übern Großn as Kloane dort net:
Des Frohsein und s' Lacha, s' kloane Glück und de Freud,
heb's auf aa bei dir, dem Land ohne Zeit.
Denn alles, was lebt, was guat is und schee,
des lebt ja aus dir und konn net vergeh.
I konn mir net vorstelln, wias sei werd da dort,
doch i hoff und i glaub und vertrau deinem Wort.
Laß also, i bitt di, vom irdischn Lebn
alles des, was i gern hab, da drobn wieder gebn.

Wo du bist

Du bist net bloß über de Wolkn
weit weg in ara andern Welt,
du bist aa da in unsrer Heimat,
in unsre Berg, im Wald, im Feld.

Du bist im Gestern, bist im Morgn,
du bist as Jetzt, du bist as Heut.
Du bist zum seign und doch verborgn,
bist Zeit und bist doch Ewigkeit.

Du bist im Glück, du bist im Lachn,
in allem Guatn, in der Freud,
du bist bei all de schöna Sachn,
und aa in Angst, in Sorg und Leid.

Du bist aa da, wo Menschn woana,
du bist im Schrei und in der Not.
Du bist aa da, wo sonst is koana,
du bist bei uns sogar im Tod.

Der Tag werd komma

Der Tag werd komma
und du bist ganz nah.
Der Tod is verganga,
nur mehr Lebn is da.

Der Tag werd komma
und de Angst is vorbei.
Aller Streit is verflogn,
und de Welt is ganz neu.

Der Tag werd komma,
der Tag ohne End,
der koa Nacht und koa Dunkel
und koa Finsternis kennt.

Der Tag werd komma
voll Glanz und voll Schein,
und mia wern bei dir aufghobn
in Ewigkeit sein.

Der Tag werd komma
und werd niamehr vergeh.
Gib, daß i an Schimmer
herübn aa scho seh!

Laß mich dich hörn

A Sonnastrahl in trüabe Täg,
wennst di verlaufa hast a Weg,
a Regnbogn nach am langa Regn,
ganz bunt am Himme hint zum segn,
a Liachtl in der Finsternis,
wenns ummadum sonst duster is.

So ähnlich is für mi dei Wort,
Laß mi di hörn an jedm Ort.

Des erste Bleame in am Jahr,
wenn a recht langer Winter war,
a Wiedersehn nach langer Zeit,
a fröhlichs Lacha nach am Streit.
Für oan, der lang durch d'Sonna grennt
a schattigs Bankerl, des er findt.

So ähnlich is für mi dei Wort,
Laß mi di hörn an jedm Ort.

A ruhiger Abnd nach harter Plag,
unter der Woch a Feiertag,
a Gipfe, den ma gar net leicht
nach langem Bergsteing doch erreicht,
für an recht müadn Wandergselln,
a ganz a frische, klare Quelln.

So ähnlich is für mi dei Wort,
Laß mi di hörn an jedm Ort.

Gut Nacht

Gut Nacht, schlaf guat, pfüa Gott für heut.
I muaß schee langsam geh.
Vorüber geht die schönste Zeit,
denn d'Zeit bleibt nia net steh.

Ins Meer nei fliaßt a jeder Fluß,
jeds Blattl fallt vom Baum.
Mit allem is amal wann Schluß,
z'end geht jeder Traum.

Aus Tag werd Nacht, aus gestern heut,
nix bleibt für oiwei jung.
Glück, Ärger, Traurigkeit und Freud
bleibn bloß Erinnerung.

Und san de Wolkn no so grau
und schaugts nach Regn aa aus,
der Himme is dahinter blau
und bald spitzt d'Sonna raus.

Wer suacht, der findt in allem drin
zu jeder Zeit und Stund
a wengerl Glück, a wengerl Sinn,
und d'Welt werd hell und bunt.

Der Tag war guat, jetzt geht er z'end.
Nix bleibt, alls muaß vergeh.
I gib'n zruck in deine Händ
und sag dir dank dir schee.

Für den lieben Heimgegangenen

Wia dunkel san meine Tag jetzt
und alle Farbn san blaß,
wia ausgstorbn is des Zimmer,
wia ausgstorbn is de Straß.

Wia is de Welt so arm jetzt,
und d'Sonna scheint so kalt,
wia san de Stundn so einsam,
mei Lebn is plötzlich so alt.

Wia is jetzt alles so anders,
fast alles is leerer jetzt worn,
i komm mir so furchtbar alloa vor.
So vui is mit dir nübergstorbn.

Und trotzdem bist du bei mir no,
aa wenn i di nimmer seh.
Bestimmt hast du mi net verlaßn,
bist oiwei wo in der Näh.

In jedm Liachtn und Hellen,
in jedm Glanzn und Schein,
in jedm Buntn und Frohem,
werst du gwiß da bei mir sein.

I sieg di im Guatn und Schönen,
des wo i irgendwo spür.
In allem hör i dei Stimm drin,
in allem bist du bei mir.

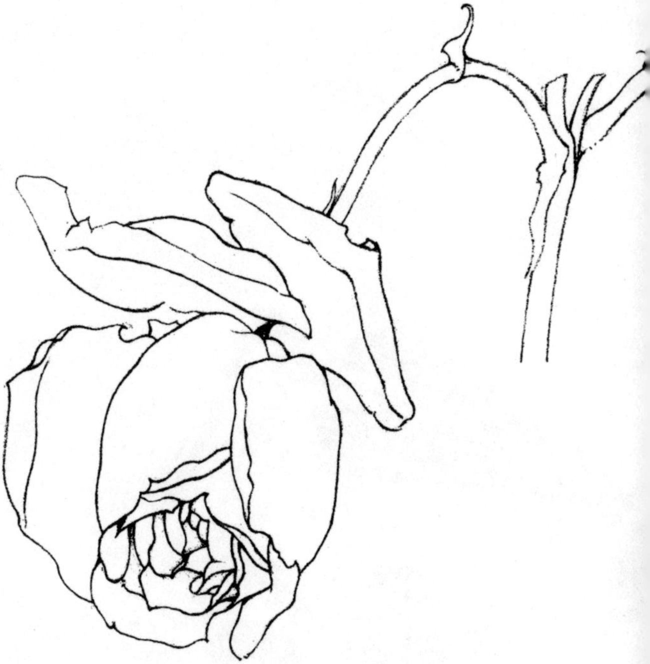

I werd jetzt öfter ganz staad wern,
hihörn auf dei Stimm da herübn,
werd suacha herübn deine Spuren,
bis i dich seh wieder dort drübn.

Führ uns dort bei dir oamal zsamma,
du Herr über Lebn und Tod,
im Land ohne Tränen und Abschied
bei dir, unser gütiger Gott!

Bayerische Messe

Zum Eingang

Und i irr durch den Nebel
und kenn mi net aus
seh koa' einzige Straße,
seh koan' Baum und koa Haus.
Und i irr durch das Dunkel
und koa Licht is zum sehn,
koan Mond und koan Stern,
sag, wohin soll i gehn?
Bittschön huif mir a bisserl,
bittschön zeig mir a Licht
und waars nur a Schimmer,
der ins Dunkel reinbricht.

Und i geh durch die Felder
und die Sonna, de brennt
und koan Menschn siehst laufen,
der den Weg mir zoag'n könnt.
Und i ruf in die Weit'n
doch koa Echo kommt her,
niemand gibt mir a Antwort,
alls bleibt staad, alls bleibt leer.
Bittschön huif mir ein bisserl,
bittschön sag halt an Ton
und waars grad a Wörterl,
des helfert mir schon.

Und der Abschied werd kommen
und mei Zeit is zu End
und es wird mir nichts bleibn,
was i mitnehmen könnt',
Und i werd ganz alloa sei,
mutterseeln dann alloa.
Ich bin huiflos verlassen
kann selbn gar nix mehr doa.
Ja, dann hilf mir ein bisserl,
gib mir, daß i di spür
und laß mi di sehn dann,
lang umme zu mir!

Zum Gloria

Wir beten dich an, du Schöpfer der Welt,
du gütiger Vater, der alles erhält.
Wir beten dich an, du ewiges Heut;
du Anfang und Ende, du Herr über Zeit.

Zwischengesang

Daß nichts, was du g'macht hast ins Nichts nei verrint,
daß d'Liab über'm Haß im letztn doch gwinnt,
daß am End net as Dunkle und Finsterne is,
sondern 's Helle und 's Lichte und daß aa ganz gwiß
das Letzte net Angst is, Krankheit und Not,
sondern 's Leben am Schluß triumphiert über'n Tod.
Mein Gott, laß mich glaubn, was ich glaubn möcht so gern.
Kimm, huif mir a bisserl, dann werds scho was wern!

Daß koa Woana, koa Trauern, koa Schmerz und koa Leid
umsonst gwesn is, und daß alles sei Zeit
und sei Richtigkeit hat und an tiaferen Sinn,
daß du bei mir bist, wenn am End i mal bin,
daß du deine Händ immer über mir hast
und daß du mi nia im Stich amal laßt.
Mein Gott, laß mich glaubn, was ich glaubn möcht so gern.
Kimm, huif mir a bisserl, dann werds scho was wern.

Fürbitten

Mein Gott, der du da bist in unserer Mitt,
hör an unser Flehn, hör an unser' Bitt:
Für den Ort, wo wir wohnen,
unser Stadt, unser Land,
für die Menschn, de lebn dort,
gib, daß alle mitnand
eahna Essn und Trinkn
und a Auskommen habn,
daß' in Friedn und Ruah
können lebn mitsamm.

Mein Gott, der du da bist in unserer Mitt,
hör an unser Flehn, hör an unser' Bitt:
Für de Nachbarn, Bekanntn
und unsere Freund,
für de Eltern, Verwandtn
und aa unsere Feind,
für de weiter weg
und für de in der Näh'.
Geh, laß uns de andern
no besser versteh!

Mein Gott, der du da bist in unserer Mitt,
hör an unser Flehn, hör an unser' Bitt:
Für Ordnung und Freiheit,
für an sichern Verkehr,
für Rücksicht und Freundlichkeit
rund um uns her.
Für de Wälder, de Berg,
de Flüß und de Seen,
für Wasser und Luft,
daß alls Schöne bleibt b'stehn.

Mein Gott, der du da bist in unserer Mitt,
hör an unser Flehn, hör an unser' Bitt:
Für de einsamen Altn,
de niemand mehr habn,
und für alle Menschn,
de obdachlos san.
Für alle in Unglück,
Sorgn und Not,
in Angst und Verzweiflung,
Krankheit und Tod.

Zum Sanktus

I seh dich in allem, des du hast gmacht:
as Licht und as Dunkel, den Tag und de Nacht,
de Sonna, de Stern, as Leben, unsre Welt,
de Berg und de Seen, den Wald und as Feld,
de Bäum und de Bluma und alles, was is,
des zeigt uns, wia groß und wia mächtig du bist.
Aa wenn i di manchmal net hör und net seh,
du bist doch immer da, bist ganz in der Näh.
Du bist überall, ganz gleich, wo i bin,
du bist unser Weg, unser Ziel, unser Sinn.

I seh dich im Werdn, im Wachsn und Blühn,
im Großn und Kloana, im Freun und im Mühn,
im Sommer, im Winter, i seh di 's ganz Jahr
in dem, was noch ist, und in dem, was scho war.
Aa wenn du net laut redst, de Welt is nia stumm,
sie is voller Wunder ringsumerdum.
Aa wenn i di manchmal net hör und net seh,
du bist doch immer da, bist ganz in der Näh.
Du bist überall, ganz gleich, wo i bin,
du bist unser Weg, unser Ziel, unser Sinn.

I seh di in dem, was du uns hast gebn,
daß wir da sein dürfn und mitanand redn.
Im Sehn und Hörn, im Fühlen und Denkn,
Im Gebn und Nehmen, im Helfn und Schenkn.
Im Gernhaben-Können, im Hoffn und Glaubn,
in allem, mein Gott, laßt du uns dich schaun.
Aa wenn i dich manchmal net hör und net seh,
du bist doch immer da, bist ganz in der Näh.
Du bist überall, ganz gleich, wo i bin,
du bist unser Weg, unser Ziel, unser Sinn.

Zum Agnus Dei

A Schifferl auf dem großen See,
des ohne Steuer treibt,
ganz ohne Zui, a Flocken Schnee,
des' tiaf in d'Nacht neischneibt,
a Spinnwebn, de im Herbst verweht,
a Handvoll Salz im Meer,
a Straßn, de ins Nirgends geht,
a Baum, ganz kahl und leer.

Des bin i, wenn du mich vergißt,
alloa mi laßt, net bei mir bist.
Wenn du nicht waarst, daads in mei'm Lebn
koan Halt und aa koa Zukunft gebn.

A Stern, der in der Nacht verglimmt,
a Kerzn, de verlischt,
a Bach, der wo im Geröll verrinnt,
a Spur, vom Regn verwischt.
A Blattl, das im Wind sich draht,
a Körndl Staub im Sand,
a Grashalm, den der Schnitter maht,
a Bauer ohne Land.
Des bin i, wenn du mich vergißt,
alloa mi laßt, net bei mir bist.
Wenn du nicht waarst, daads in mei'm Lebn
koan Halt und aa koa Zukunft gebn.

Während der Kommunion

Mein Kommen und Gehn,
mein Dach, mein Zuhaus,
mei Heimat, mei Freiheit,
mei Fenster nach drauß.
Mein Fühlen und Denken
bei Nacht und bei Tag,
mein Bitten und Danken,
mei Antwort, mei Frag.
Was immer i denk, du bist immer da,
was immer i tu, du bist immer nah.
Wo immer i bin und wo immer i geh,
du bist ja bei mir, bist ganz in der Näh.

Mein Glaubn, mein Hoffen,
mein Halt und mein Sinn,
mei einzige Zuflucht,
mein Woher und Wohin.
Mei Sonna, mein Schattn,
mei Unruh und Ruh,
mein Freund und mein Bruder,
das alles bist du.
Was immer i denk, du bist immer da,
was immer i tu, du bist immer nah.
Wo immer i bin und wo immer i geh,
du bist ja bei mir, bist ganz in der Näh.

Danklied nach der Kommunion

Wir sagn dir Dankschön für all deine Gabn,
a Dankschön für des, was wir sind, was wir habn.

Fürs Liacht von der Sonn,
des du uns hast gebn,
für die Stundn und Tag,
de du uns laßt erlebn.
Für alls, was man nimmer so bsonders beacht
und drüber sich kaum mehr Gedanken no macht.

I dank dir für d'Arbeit
für d'Freizeit und d'Ruah
und für d'Wohnung und s'Essen
und fürs Trinkn dazua
und aa für jeds guate und freundliche Wort,
des i von de andern oft hör hier und dort.
Für jeds Glück und jeds Lachn
und für jeds bisserl Freud,
für alls Liabe und Guate
und aa für die Zeit,
de du dir für mi nimmst
wenn i redn möcht mit dir.
Wie kann i dir nur
richtig danken dafür?

Wir sagn dir Dankschön für all deine Gabn,
a Dankschön für des, was wir sind, was wir habn.

Nach dem Segen

Fürs's Guate und Schöne
mach klar meine Augn,
laß mi aa im Kloana
dei Herrlichkeit schaun.
Mach mi wach für dei Wort
und mach scharf mei Gehör,
daß i immer erkenn,
wenn mi braucht irgendwer.
Und sollt i aa manchmal
net alles verstehn,
dann laß mit dem Herzen
mich hören und sehn.
Bleib, wo i aa bin,
bleib ganz in der Näh,
dann wird alles guat,
wohin i aa geh!

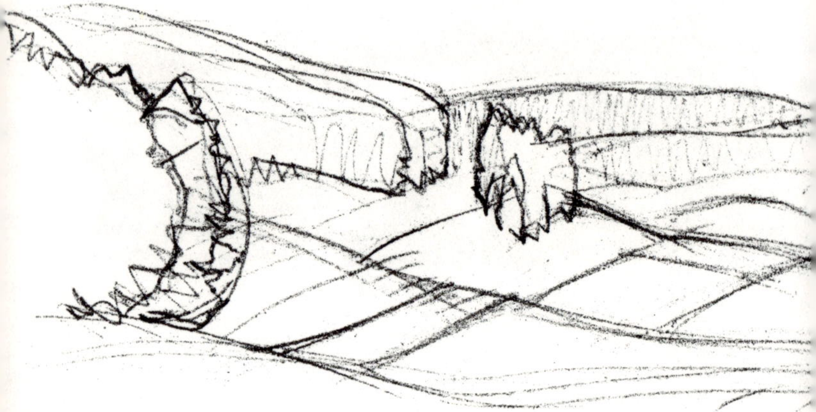

Gib bitte für alles
mir 's richtige Gspür,
daß i nia mei Zui
aus de Augn verlier.
Gib Kraft in mein Arm
und mach stark meine Händ,
daß i richtig hinlang,
wenns wichtig sein könnt.
Und kommts aa net immer,
so wia i gern möcht,
du wirst es scho wissen,
du machst es scho recht.
Bleib, wo i aa bin,
bleib ganz in der Näh,
dann wird alles gut,
wohin i aa geh!

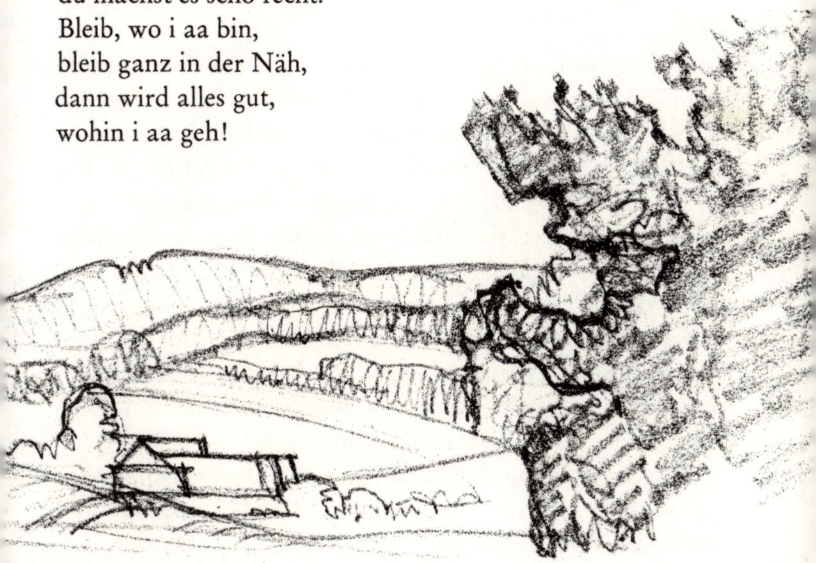

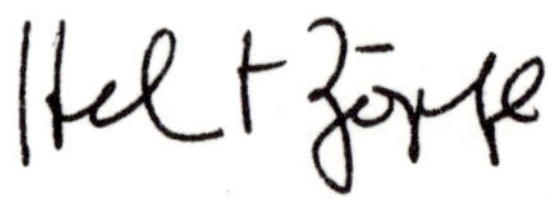

Helmut Zöpfl
am 25. November 1937 in München geboren, schreibt in der Mundart seiner Heimatstadt und hat sich in kurzer Zeit als moderner Mundartdichter einen Namen gemacht. Seit 1971 ist er Professor an der Universität München, wo er den Lehrstuhl für Schulpädagogik an der Erziehungswissenschaftlichen Fakultät innehat, und gleichzeitig Gastprofessor in Salzburg und Eichstätt. Neben zahlreichen wissenschaftlichen Veröffentlichungen kann Helmut Zöpfl auf seine Gedichtbände »Geh weiter, Zeit, bleib steh«, und »Zum Gsundlachen« verweisen, in denen er der Dialektdichtung vielgestaltig neue Ausdruckskraft verleiht. Daneben ist er Texter der Langspielplatte »Bayern dry«. Im vorliegenden Band sind seine Gedichte zusammengefaßt, die in ihrer Aussage besinnlich und »staad« sind, darunter auch die Liedertexte der neugeschaffenen »Bayerischen Messe«.

Hans Müller-Schnuttenbach

am 24. Juli 1889 in München geboren, stammt mütterlicherseits vom Land. Das ist wohl mit ein Grund für seine Liebe zur Landschaft, die seine Kunst fast ausschließlich zum Gegenstand hat. Er durchstreifte Oberbayern und Schwaben landauf, landab und gewann jedem Heimatflecken seine besonderen Reize ab. Er war ein Meister der kleinen Form, dem oft nur ein Blatt in Postkartengröße genügte, den stillen Zauber alter Gassen, einsamer Höfe, knospender Sträucher, selbst Zäunen und verfallender Hütten einzufangen. Seit 1916 war Hans Müller-Schnuttenbach ständig auf den Ausstellungen im Münchner Glaspalast und später im Haus der Kunst vertreten. 1950 verlegte er seinen Wohnsitz nach Rosenheim, wo der Kunstverein ihm 1943 den Leibl-Sperl-Preis verliehen hatte. Der Stadt, in der er bis zu seinem Tode am 13. November 1974 lebte, stiftete er 400 Bilder und viele Graphiken.

5. Auflage
 ISBN 3-475-52120-2
Das Buch erscheint in der Reihe »kleine rosenheimer raritäten« im Rosenheimer Verlagshaus Alfred Förg, Rosenheim. Gedruckt wurde es in der Buchdruckerei Georg Wagner, Nördlingen, und gebunden in der Verlagsbuchbinderei Hans Klotz, Augsburg. Den Umschlag gestaltete Ulrich Eichberger, München, unter Verwendung einer Zeichnung von Hans Müller-Schnuttenbach, die sich, wie auch die anderen Zeichnungen in diesem Buch, im Besitz der Stadt Rosenheim befindet, der wir für die Überlassung danken.